FEEST COMICS
Postfach 10 12 45, 7000 Stuttgart 10
Übersetzung aus dem Amerikanischen: Karlheinz Borchert
Chefredaktion: Michael Walz
Verantwortlicher Redakteur: Georg F.W. Tempel
Lettering: Gudrun Völk
Gestaltung: Wolfgang Berger und Wolfgang Keller
Originaltitel: Moebius' Airtight Garage
«The elsewhere prince 1 & 2»
© HUMANO S.A.
© EHAPA VERLAG GMBH, Stuttgart 1991
Druck und Verarbeitung: Lesaffre, Tournai, Belgien
ISBN 3-89343-246-9
Imprimerie Tardy Quercy S.A. - Bourges (16895)

MOEBIUS' HERMETISCHE GARAGE

Text   MOEBIUS & LOFFICIER

Zeichnungen   SHANOWER

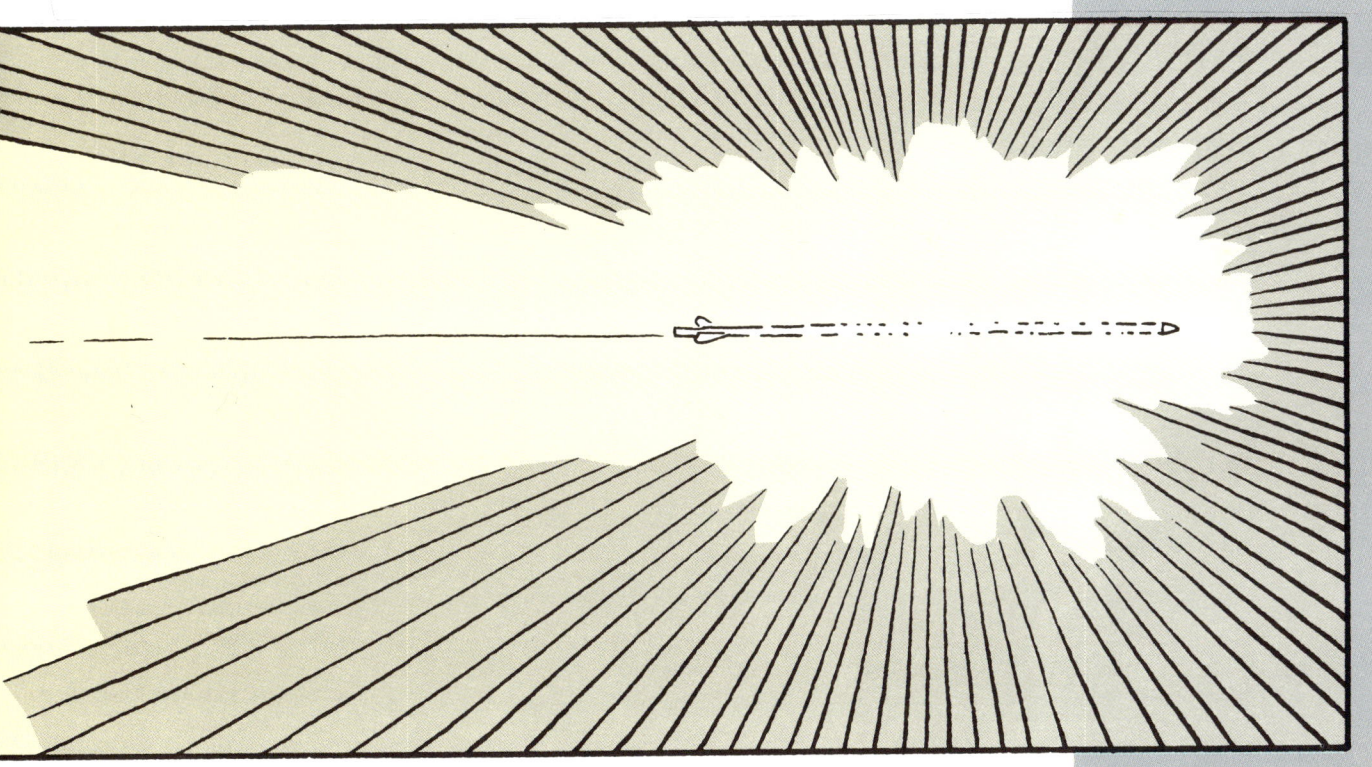

Der Prinz von Nirgendwo   Band 1

Feest Comics

DIE GESCHICHTE DER 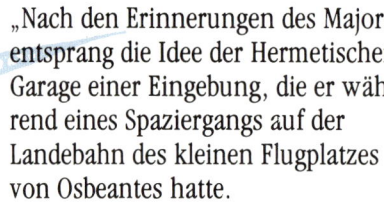 HERMETISCHEN GARAGE

Aus „Unsere Galaxis" (Band 8), von H. V. Vegant:

„Nach den Erinnerungen des Majors entsprang die Idee der Hermetischen Garage einer Eingebung, die er während eines Spaziergangs auf der Landebahn des kleinen Flugplatzes von Osbeantes hatte.

Der Major begriff, daß er mit Hilfe der dreizehn Expanso-Generatoren — wenn er den sogenannten Grubert-Effekt benutzte (dessen Entdeckung er für sich beansprucht) — jeden unbedeutenden Asteroiden innerhalb des Außenrings in eine unermeßliche und komplexe Welt mit verschiedenen „Ebenen" verwandeln konnte.[1]

Dieser Asteroid sollte BLUME sein, jener hohle, paradiesische Asteroid, der auf die Bitten der Dame Kowalski hin von der Erde in einen privaten Vergnügungspalast verwandelt worden war. Aber schon bald nach ihrem erfolgreichen Widerstand gegen die genetische Handelssperre der „Gehörnten Pfeifen", die vom mächtigen Planeten der Syldain Cygnoos eingeleitet wurde, gab die Dame Kowalski BLUME wieder auf.[2]

Aus Major Gruberts Notizbuch

Dame Kowalski

So übernahm der Major BLUME und machte die vorhandenen Vergnügungsgärten zu seinem privaten Landsitz, den er „Erste Ebene" taufte. Später fügte er zwei weitere Ebenen hinzu: die intellektuelle, sogar dekadente Zweite Ebene (die von Armjourth) und die wesentlich wildere und grausamere Dritte Ebene, die vollkommen abgekapselt hinter dem hermetischen (oder luftdichten) Kraftfeld lag und vom regulären Raum-Zeit-Kontinuum außerhalb isoliert war.

Über alle Maßen mächtig, saß der Major fortan in seinem in der Umlaufbahn befindlichen Raumschiff CIGURI und erfreute sich an seiner neuen Welt und den unzähligen Gelegenheiten, die sie bot, Abenteuer zu erleben. Die erste ernsthafte Herausforderung trat mit dem Aufstand der Kreaturen ein, die als Tar'Hai Magier bekannt sind und die sich seinen Regeln widersetzten.[3]

Die Folgen der Tar'Hai Rebellion sollten Major Grubert noch lange Zeit zu schaffen machen. Am bekanntesten wurden die Ereignisse um den BOUCH TAR'HAI, bei denen der Major gezwungen war, auf die Kriegslist von PRINZ NIRGENDWO zurückzugreifen..."

---

1. *Lewis Carnelian behauptete später, der Major hätte das Geheimnis der Expansion von seinem Lehrmeister, dem Nagual, gestohlen.*

2. *Die selbsterlebten Abenteuer des Majors mit den Syldaine Cygnoos werden in „Major Unheil" erzählt, während die Geschichte der Dame Kowalski in „Die gehörnten Pfeifen" geschildert wird.*

3. *Die Tar'Hai Rebellion und wie sie von Major Grubert möglicherweise gehandhabt wurde, ist in jenen Schriften enthalten, die noch in der „Ciguri" unter Verschluß gehalten werden und zu denen unser Historiker Zugang verlangt hat.*

Erstes Sonett

DER JOUK

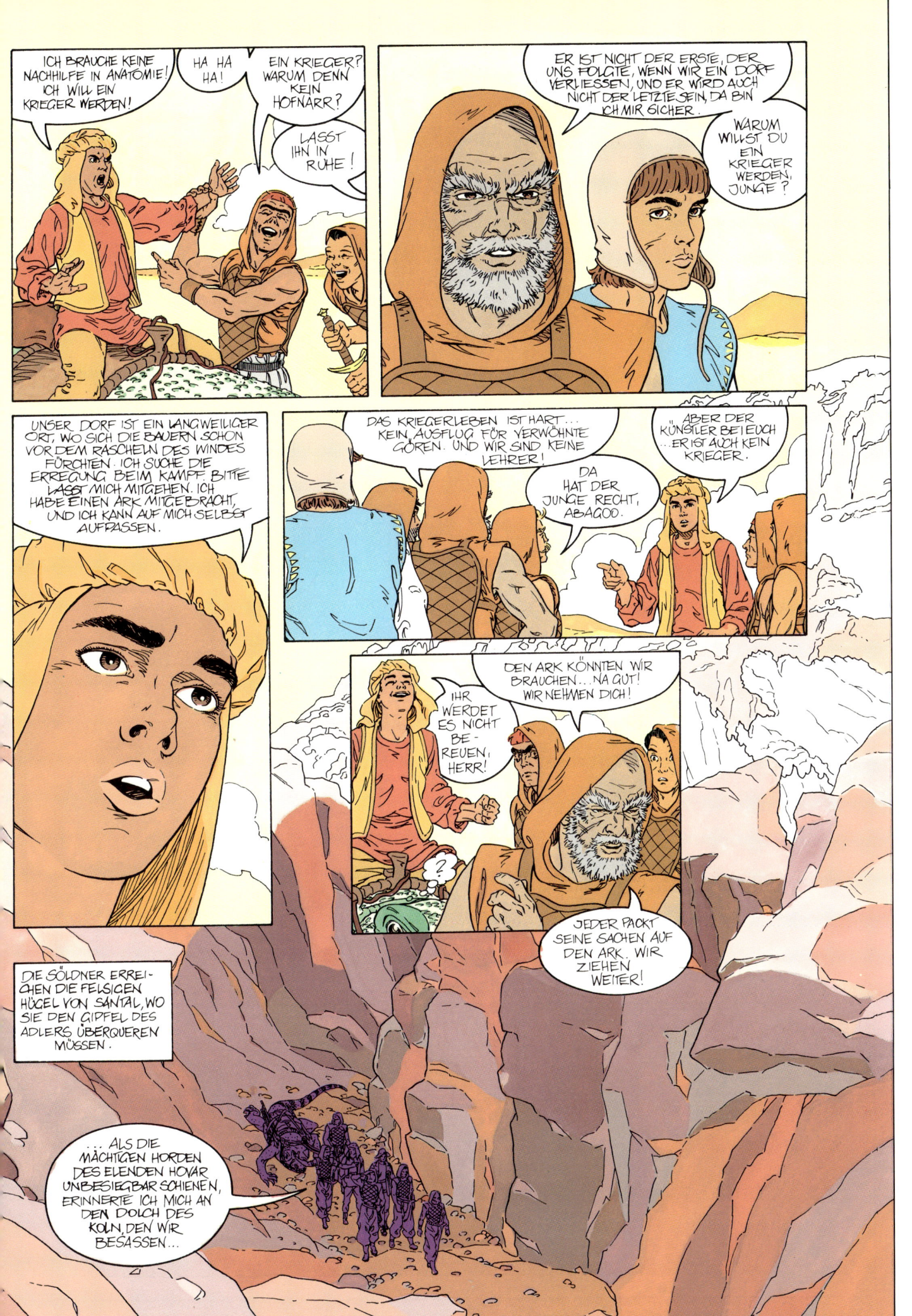

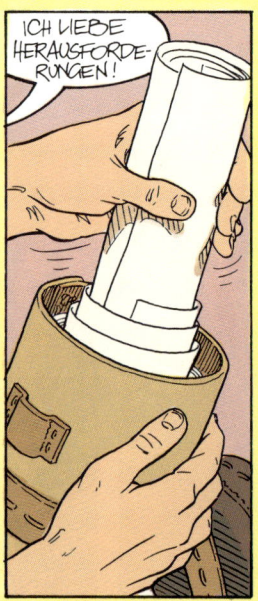

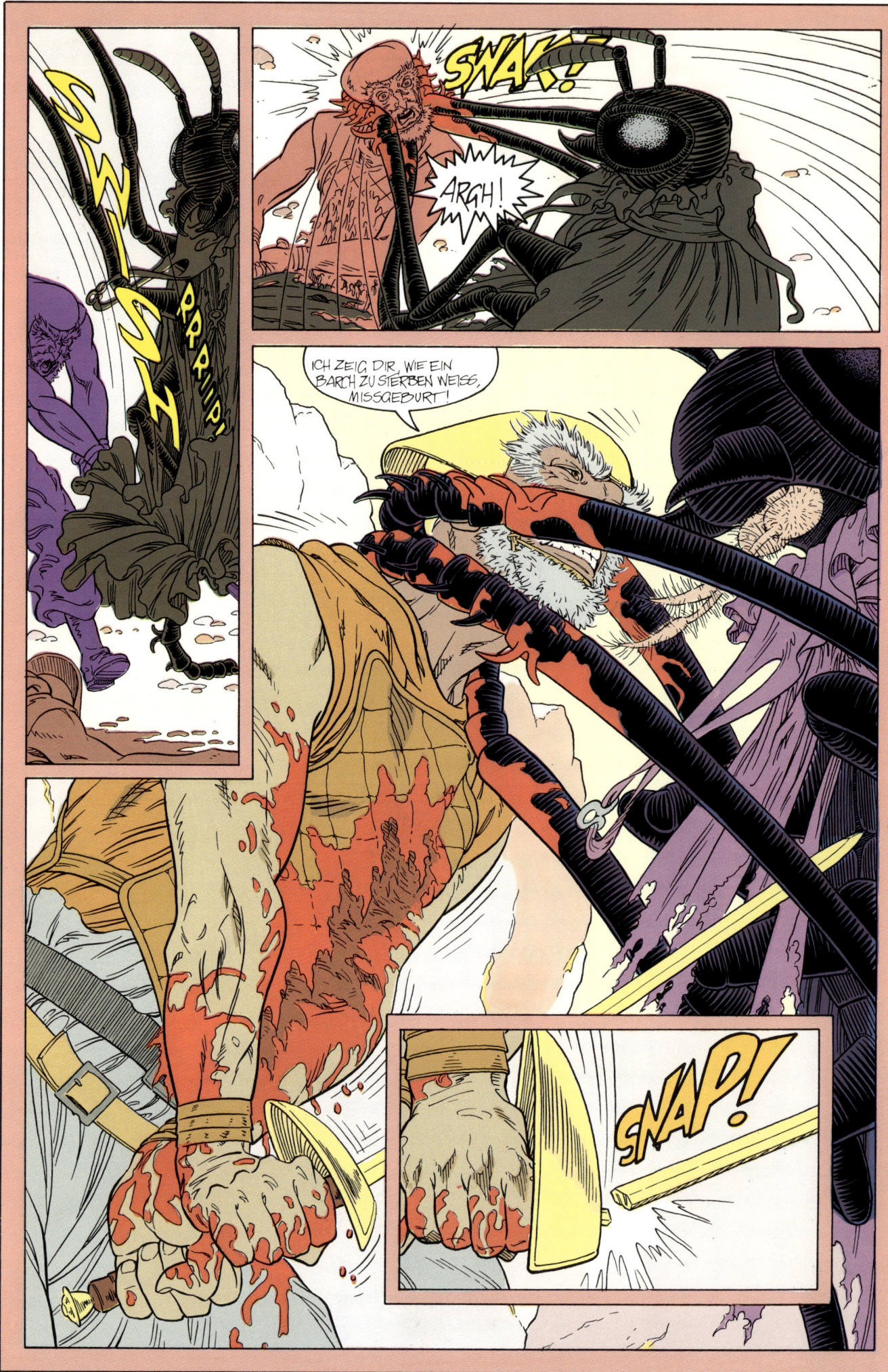

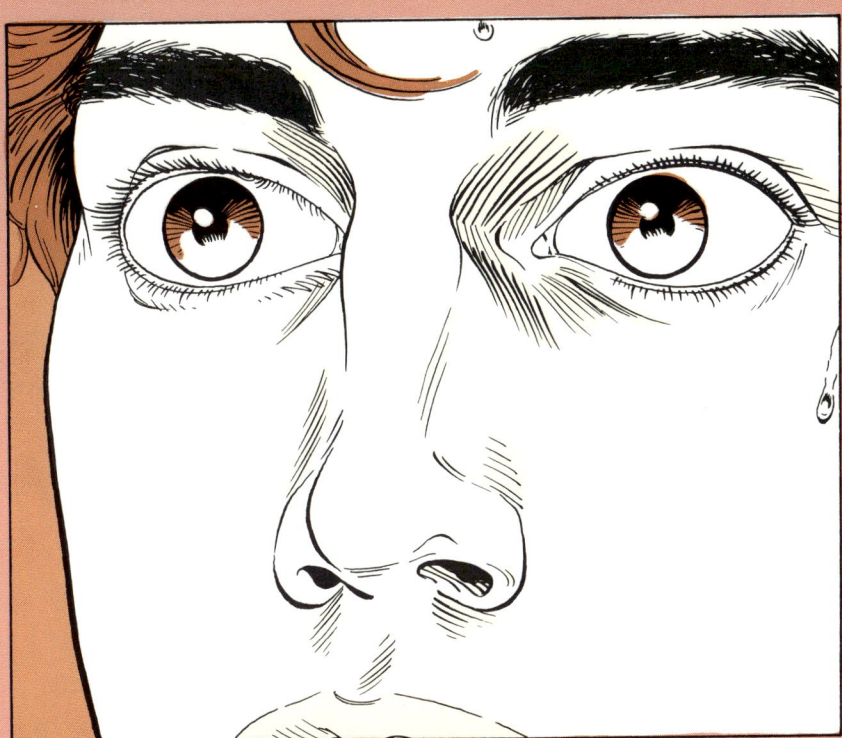

DIE HERKUNFT VON
MAJOR GRUBERT

Nach Berichten des BOGENSCHÜTZEN, mit Fußnoten von CERVIC:

„Das einzige, was wir von dem Mann, der als Major Grubert bekannt ist, mit Bestimmtheit wissen, sind seine Geburtsdaten. Als Sohn einer schwedischen Mutter und eines alemannischen Vaters kam er im Jahre 1958 n. Chr. im Westen von Alemannia zur Welt. [1]

Grubert arbeitete als Journalist für *Dievelt*, bis er im Vietnamkrieg als vermißt gemeldet wurde. In Wahrheit war er in Angkor zufällig in einen Zeitdurchgang geraten, der ihn ins 19. Jahrhundert beförderte, wo ihn ein Brahma von Pondycherhi in Empfang nahm. [2]

Dort wurde Grubert in das Äquivalent einer Phase IV-Ebene eingeführt und arbeitete dreizehn Jahre lang in den Geheimlabors der Raum-Magier, insbesondere an Studien über die Phänomene der nodalen Entropie intergalaktischen Gewebes.

Schon bald schloß er sich anderen Forschern an, den Brüdern Lewis und Erik Carnelian. Während eines Routineflugs zu den Rändern der nebligen „Hakbah von Saligaa" entdeckten sie das Wrack der OTRA, die berühmte mythische Arche und das Mutterschiff der Altvorderen.

Grubert und die Carnelian-Brüder entschieden sich, das Wrack zu untersuchen. Dabei stießen sie auf Den-der-unbeweglich-und-schweigend-im-Zentrum-des-Zeitnetzes-steht, den MAGUALI."

1. „Alemannia" ist offenbar eine veränderte Version des Landes, das als eine der fast unendlich vielfältigen Zufallswelten (oder Prallelwelten) des Kontinuums TERRA existiert und auch „Deutschland" genannt wird.

2. Der Major reiste nicht nur in der Zeit zurück, sondern wechselte damit auch die Welten. Pondycherbi war in jenen Tagen die Hauptstadt der Zufallswelt SDX und die am meisten entwickelte im ganzen Kontinuum.

Zweites Sonett

DIE PRINZESSIN

BEIM ANBLICK DIESER GEWALTIGEN BEWAFFNETEN MENSCHENMENGEN FIELEN MIR DIE WORTE AUS DER "BALLADE VOM WAHNSINNIGEN KÖNIG STRATHAEL" EIN...

"DIE GRÜNDE FÜR DEN KRIEG WAREN ÜBER ALLE MASSEN SCHWERWIEGEND, ABER WEDER DER HIRTE AUF DER WIESE NOCH DER HEILIGE EINSIEDLER IN SEINER HÖHLE, NOCH IRGEND JEMAND UNTER DEM FIRMAMENT HABEN SIE GEKANNT..."

BESTIMMT EIN GIGANTISCHER DRACHE, DESSEN FEURIGER ATEM GANZE STÄDTE VERZEHRT!

BATÚM, UNSER PRIESTER IST SICHER, DASS ES EIN DÄMON AUS DER TIEFEBENE IST, DER VOM FLUCH DES ALZIOTH FREIGESETZT WURDE.

TUT MIR LEID, GOLO, ABER IHR HABT BEIDE UNRECHT. ER IST NICHTS DAVON...

SIE ALLE SIND ZUM KAMPF BEREIT, ABER KEINER WEISS GEGEN WAS...

GÄÄHN! ICH SOLLTE NACH ABAGOO SEHEN.

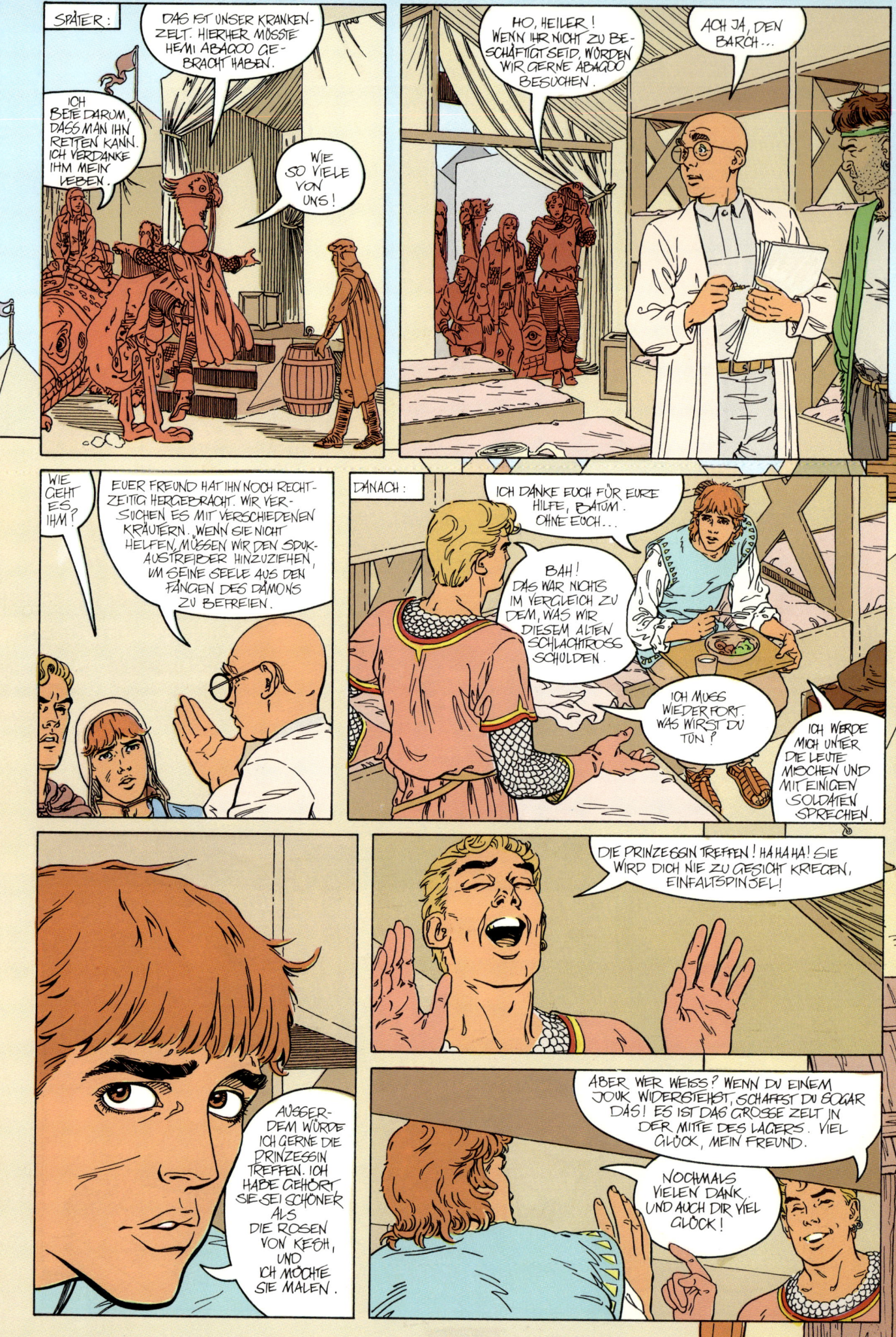

SPÄTER, AUSSERHALB DES LAGERS...

VON HIER HABE ICH DIE BESTE AUSSICHT...

SKRITCH! SKRITCH!

SKRITCH! SKRITCH!

ES IST WUNDERSCHÖN!

WIE BITTE?

TUT MIR LEID, WENN ICH DICH ERSCHRECKT HABE, ABER ICH WUSSTE NICHT, DASS EIN SO TALENTIERTER KÜNSTLER UNTER UNS WEILT.

SEHR FREUNDLICH VON EUCH, ABER ES IST NICHT MEHR ALS EINE FINGERÜBUNG...

UM DIE WAHRHEIT ZU SAGEN: ICH GEHÖRE NICHT ZUR ARMEE. ICH KAM HER, UM DIE PRINZESSIN ZU MALEN.

INZWISCHEN SEHE ICH DA KEINE MÖGLICHKEIT MEHR... SO GUT WIE SIE BEWACHT IST.

DU KÖNNTEST DEINEM WUNSCH NÄHER SEIN, ALS DU GLAUBST.

WAS MEINT IHR DAMIT?

IHR SEID... NEIN... UNMÖGLICH!

KURZ DARAUF: "DIESER MANN HAT DIE ERLAUBNIS, JEDERZEIT MEIN ZELT ZU BETRETEN. VERSTANDEN?" "JA, EURE HOHEIT!"	"PFF!"

BALD: "...DIE BARCHEN LAGEN TOT VOR MEINEN FÜSSEN, BIS AUF ABAGOO, DEN DER JOUK SCHWER VERWUNDET HATTE..."

"WAS FÜR EINE GRAUSAME WELT! WIE KÖNNEN WIR SO ETWAS DULDEN?"

"WELT? DULDEN? ICH VERSTEHE NICHT, PRINZESSIN."

"DAS MACHT NICHTS. VERGISS, WAS ICH GESAGT HABE. ERZÄHLE MIR TROTZDEM MEHR ÜBER DIESE KREATUR."

"DEN JOUK?"

"ES SIND PARASITEN. IM OSTEN ERZÄHLT MAN SICH, DIE JOUKS HÄTTEN FRÜHER GANZE LANDSTRICHE VERWÜSTET, BEVOR SIE VON DEM GOTT KOLN FAST AUSGEROTTET WÜRDEN..."

"IM NORDEN..."

SNIFF! SNIFF!

Panel 1: EURE HOHEIT, DER RAKANGA ARVOR DARK BITTET UM AUDIENZ.

ARVOR DARK? WER IST DAS?

Panel 2: ER IST EITEL UND ANMASSEND. ABER ER IST AUCH DER SOHN UNSERES HEERFÜHRERS.

NUN GUT. LASST IHN EIN.

Panel 3: GUTEN TAG, LORD RAKANGA.

GUTEN TAG, PRINZESSIN. MEINE FREUNDE UND ICH WÜRDEN EUCH LIEBEND GERNE ZU UNSERER JAGDPARTIE EINLADEN ...

Panel 4: ICH GLAUBE, IHR KENNT ALVO UND BORDO CHUBB NOCH NICHT. ES SIND DIE BESTEN SPÜRENSUCHER IN ...

EURE HOHEIT ...

ZIEH LEINE KÖTER'!

SNUFFLE! SNIFF!

Panel 5: HI HI HI

PRINZESSIN, ICH ...

HÖR AUF DAMIT!!

HE, ARVOR, ICH GLAUBE, ER MAG DICH.
HÄ HÄ HÄ!
ELENDE TÖLE! ICH...
LASST IHN LOS, ARVOR DARK! WIE KÖNNT IHR ES WAGEN, MEINEN LIEBLING ZU SCHLAGEN!?
UND DU, LURSA, KOMMST HER.
WIR HABEN NUR IM SPASS HERUMGEBALGT.
UND WEN HABEN WIR DENN HIER? EINEN BAUERNLÜMMEL MIT SEINEM SPIELZEUG?
ICH HABE IHN EINGELADEN, UM MEIN PORTRÄT ZU MALEN, RAKANGA DARK...
UND WEIL ICH NICHT IN STIMMUNG ZUR JAGD BIN, MÖCHTE ICH EUCH UND EURE FREUNDE BITTEN...
EIN PORTRÄT? DARF ICH MAL SEHEN? GEH ZUR SEITE, TÖLPEL!
HOHOHO!
ZUM TOTLACHEN!
RAKANGA!
HEY!

SOLCH SCHARFER TONFALL SOLLTE NICHT ÜBER EURE LIEBLICHEN LIPPEN KOMMEN, PRINZESSIN!
SEHN WIR UNS DAS PORTRÄT MAL AN.
WAS ICH ERWARTET HATTE: ES IST SCHLECHT! DU MUSST WOHL EIN NEUES ANFERTIGEN!
RRIP!
OOOH!!
BRAVO!
WHACK!
UNSER BAUERNTRAMPEL GLAUBT ALSO, WIE EIN MANN KÄMPFEN ZU KÖNNEN?
RÜLPS!
ZEIHUNG.
SCHWEIN.
SWAK
SOFORT AUFHÖREN!
KRASH!
AUTSCH!

KEINER SCHLÄGT MICH, KLEINES VARANT!
DIR ZEIG ICH'S ...
WAGT ES NICHT!
DU ...
LASS MICH LOS, DU NARR!
WHOOOOOOOOSH!
HUCH! PRINZ ARCHER!
VATER!?
WAS IST HIER LOS?
ICH BITTE UM VERGEBUNG, MEIN PRINZ. ICH WOLLTE NIEMANDEM SCHADEN. NUR ...
GEH MIR AUS DEN AUGEN, BEVOR ICH VERGESSE, DASS DU MEIN SOHN BIST! UND NIMM DEINE RÜPELHAFTEN FREUNDE MIT! SOFORT!
JA, VATER.
BITTE NEHMT MEINE ENTSCHULDIGUNG FÜR DAS VERHALTEN MEINES SOHNES AN, PRINZESSIN. ER WIRD STRENG BESTRAFT WERDEN!
ICH NEHME SIE AN, GENERAL TUHAN DARK!
BEEIL DICH, DUMMKOPF!

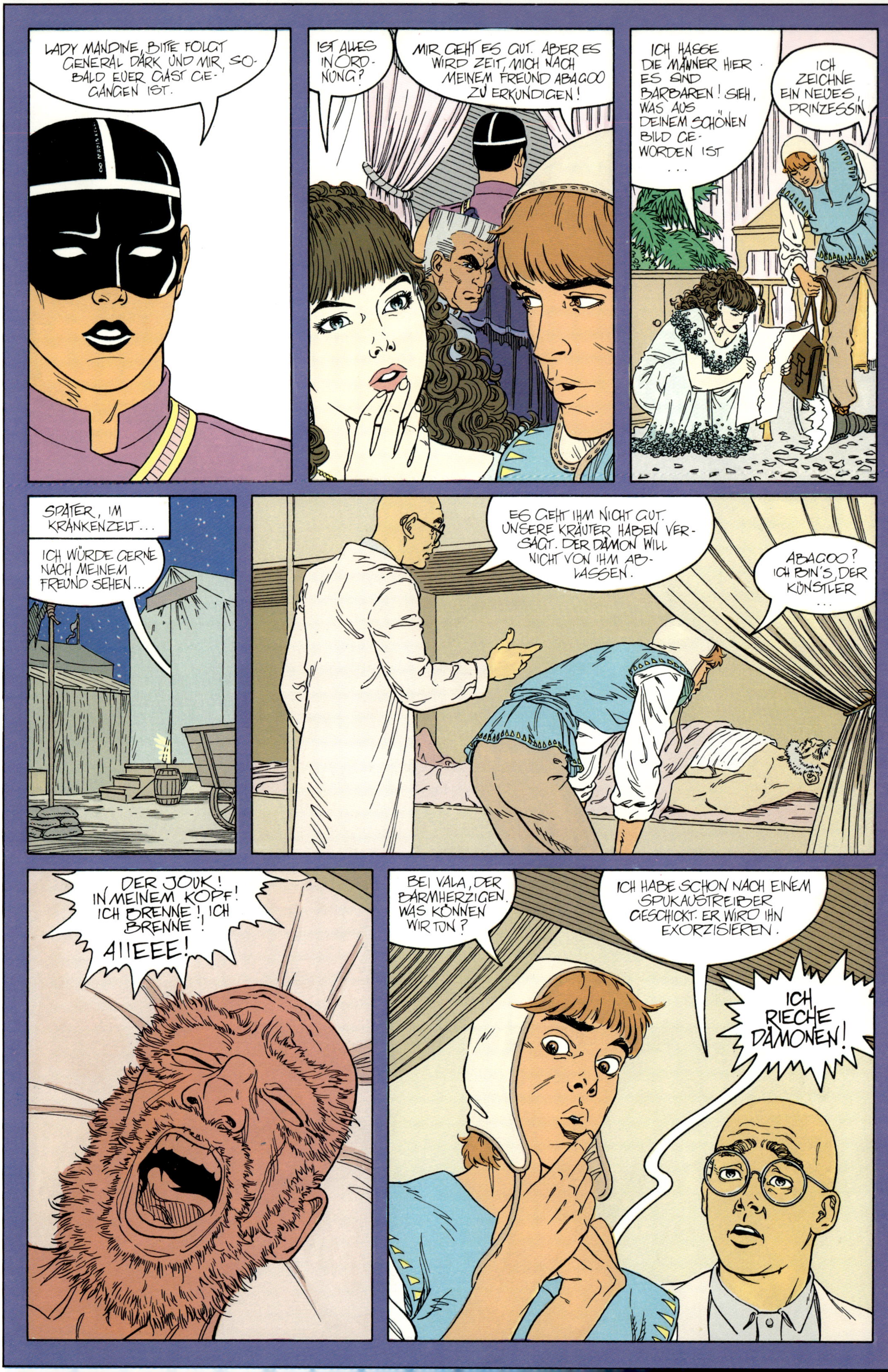
LADY MANDINE, BITTE FOLGT GENERAL DARK UND MIR, SOBALD EUER GAST GEGANGEN IST.
IST ALLES IN ORDNUNG?
MIR GEHT ES GUT. ABER ES WIRD ZEIT, MICH NACH MEINEM FREUND ABAGOO ZU ERKUNDIGEN!
ICH HASSE DIE MÄNNER HIER. ES SIND BARBAREN! SIEH, WAS AUS DEINEM SCHÖNEN BILD GEWORDEN IST ...
ICH ZEICHNE EIN NEUES, PRINZESSIN.
SPÄTER, IM KRANKENZELT...
ICH WÜRDE GERNE NACH MEINEM FREUND SEHEN...
ES GEHT IHM NICHT GUT. UNSERE KRÄUTER HABEN VERSAGT. DER DÄMON WILL NICHT VON IHM ABLASSEN.
ABAGOO? ICH BIN'S, DER KÜNSTLER ...
DER JOUK! IN MEINEM KOPF! ICH BRENNE! ICH BRENNE! AIIEEE!
BEI VALA, DER BARMHERZIGEN. WAS KÖNNEN WIR TUN?
ICH HABE SCHON NACH EINEM SPUKAUSTREIBER GESCHICKT. ER WIRD IHN EXORZISIEREN.
ICH RIECHE DÄMONEN!

RATTLE
RATTLE
RATTLE
ICH, TO-TO, WERFEN GEWEIHTEN SCHATTEN ÜBER DÄMONEN! SCHLEUDERE SIE IN ABGRUND DES SKAGGANAUTH! BEI GORN!
MEISTER TO-TO KOMMT AUS MRHU UND KENNT ALLE VIERUNDSECHZIG HEILIGEN RITUALE.
ÄH ... ER SCHEINT SEHR TÜCHTIG!
ICH SPÜREN KRÄFTE IN DIESEM, ABER KEIN DÄMON! WO, IST DÄMON?
GLEICHZEITIG:
DER PLAN DES MAJORS LÄUFT TERMINGERECHT AB: DER PSYCHO-ENERGETISCHE AUFBAU DER ARMEE DER VIER KÖNIGREICHE WIRD IN ZWEI TAGEN SEINEN HÖHEPUNKT ERREICHEN.
GÄÄHN! ICH BIN FROH, DASS DER GENERAL FORT IST. ICH BIN MÜDE.
DIESER ORT ZEHRT AN MIR. ER IST SO ANDERS ALS MADIN KOH, SO VIEL REICHER AN GEFÜHLEN, SO VOLLER LEBEN UND DOCH SO BRÜCHIG ...
MANCHMAL FRAGE ICH MICH, OB ICH BESSER EURER FORDERUNG, MITZUKOMMEN, WIDERSPROCHEN HÄTTE.
UNWICHTIG. ES IST DIE WELT DES MAJORS. IHR WERDET DARIN GEBRAUCHT.
ES WIRD ZEIT, BERICHT ZU ERSTATTEN.

> AN BORD DER *CIGURI*, MAJOR GRUBERTS RAUMSCHIFF IN DER UMLAUFBAHN UM DIE HERMETISCHE GARAGE...

— ENDLICH!

> DAS SCHWEIGEN DES BOGENSCHÜTZEN BEUNRUHIGTE MICH SCHON...

> MAL SEHEN, WAS SICH DA UNTEN TUT.

> AUSGEZEICHNET! DIE KONFRONTATION MIT DEM BOUCH TAR'HAI WIRD IN ZWEI TAGEN ERFOLGEN!

> CERVIC! WAS SAGT DAS ORAKEL? WIE STEHEN UNSERE ERFOLGS- CHANCEN?

> DU HAST DEN MAJOR GEHÖRT! SCHALTE DIE PROGNO- PROGRAMME EIN! BEEILUNG!

EIN PAAR NANOSEKUNDEN SPÄTER...

> SIE ARBEITEN NOCH, MAJOR! MOMENTAN ZEIGEN SIE 17% AN... WENIGER ALS EIN FÜNFTEL!

> WAS?! DIESE ELENDEN TAR'HAI UND IHRE HÖLLENMA- SCHINEN...!

> FÜTTERE SIE MIT DEM ABERGLAUBEN MEINES VOLKES, UND HÄUFE GENUG PSYCHO-ENERGIE AN, DAMIT DIESES TOBENDE MONSTER ERSCHAFFEN WERDEN KANN!

> WIE KONNTE SOWAS ÜBERHAUPT GESCHEHEN?

> WIR HABEN ES NICHT RECHTZEITIG ENTDECKT, MAJOR. DIE CIERLAM-SKALA HAT NUR DIE RÄNDER ABGE- TASTET, DESHALB...

> GENUG DER AUSFLÜCH- TE! SCHON DAS ER- SCHEINEN DES BOUCH- TAR'HAI GENÜGT, UM IN DER SIMULIERTEN RAUMZEITSTRUKTUR DER GARAGE EINE VERZERRUNG HERVORZU- RUFEN...

"MEINE EXPANSOR-GENERATOREN WERDEN DAS EINE GEWISSE ZEIT AUSGLEICHEN. ABER WENN ES NICHT BESEITIGT WIRD, WERDEN SIE ABGETRENNT. DAS BEDEUTET DEN VÖLLIGEN ZUSAMMENBRUCH ALLER DREI EBENEN!"

"DIE TOTALE ZERSTÖRUNG DER HERMETISCHEN GARAGE!"

"ICH HABE PRINZ ARCHER BEAUFTRAGT, EINE ARMEE ZU VERSAMMELN, DEREN VEREINTE PSYCHO-ENERGIE DEN BOUCH TAR'HAI ZWINGT, SICH ZU MANIFESTIEREN..."

"UND WENN DER BOGENSCHÜTZE VERSAGT?"

"ERST WENN ER PHYSISCHE FORMEN ANGENOMMEN HAT, KANN ER GETÖTET WERDEN!"

"DAS KANN ER NICHT! ICH HABE ALLES BIS AUF DIE KLEINSTE KLEINIGKEIT GEPLANT!"

"WAS?!"

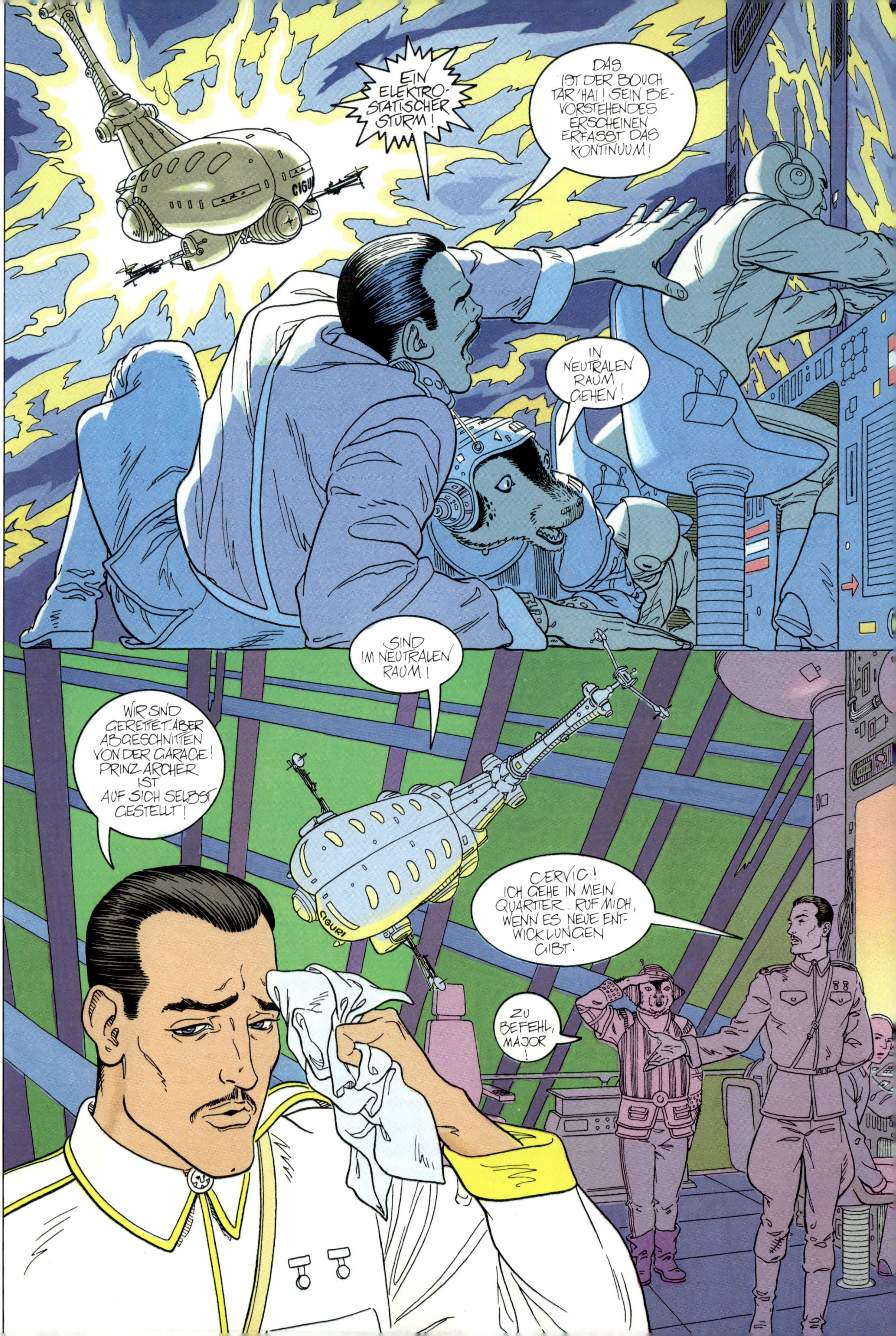
EIN ELEKTRO-STATISCHER STURM!
DAS IST DER BOUCH TAR'HAI! SEIN BEVORSTEHENDES ERSCHEINEN ERFASST DAS KONTINUUM!
IN NEUTRALEN RAUM GEHEN!
SIND IM NEUTRALEN RAUM!
WIR SIND GERETTET. ABER ABGESCHNITTEN VON DER GARAGE! PRINZ ARCHER IST AUF SICH SELBST GESTELLT!
CERVIC! ICH GEHE IN MEIN QUARTIER. RUF MICH, WENN ES NEUE ENTWICKLUNGEN GIBT.
ZU BEFEHL, MAJOR!

SPÄTER:

SIR! SIR! DAS ORAKEL!

UND? WAS SAGT ES?

DIE ERFOLGSCHANCEN STEIGEN! SEHT! 22%!

UN-GLAUBLICH!

ICH WILL EINE HUERISTIK-ANALYSE, BEVOR ICH ES DEM MAJOR MELDE.

ICH HABE DEN NEUEN FAKTOR ISOLIERT, SIR!

ER ERSCHEINT JETZT AUF DEM SCHIRM. DA!

BEI ZARVID!

GLOSSAR DER NAMEN

ARK: Ein friedfertiges Reptil, das in allen Vier Königreichen als Lasttier benutzt wird. Ein Ark ist ungefähr hundertfünfzig SEPTOREN wert.

BARCH: Ein Tal, das östlich der Vier Königreiche liegt und in dem die Barchen beheimatet sind. Die Barchen sind in erster Linie Söldner und insbesondere für ihre Waffen- und Schmiedekunst berühmt.

BUUN: Ein schweres, gepanzertes Tier, das in den Savannen des südlichen Königreichs lebt und sich von MUSEELN ernährt. Buuns (oder Buun-Tiere) sind für ihre Bösartigkeit bekannt, wenn sie hungrig sind.

GLAP: Eine Stadt im nördlichen Königreich, die in früheren Zeiten von gewaltigen Monstern heimgesucht wurde.

GORBALLA: Eine Stadt des südlichen Königreichs, nördlich der großen Savanne gelegen.

Koln

GORN: Eine der Gottheiten des südlichen Königreichs. Sie wird als Mensch mit sechs Hörnern dargestellt und gilt als Gott des Unglücks und der bösen Omen.

GRIMBELBIESTER: Eine Art von Antilopen, die im östlichen Königreich weit verbreitet ist.

HOVAR: Ein ehemals berühmter Feldherr, der mit einer Bande von Plünderern das östliche Königreich verwüstete.

KESH: Eine Stadt im westlichen Königreich, die bekannt ist für ihre wundervollen Gärten und Rosen. Die Gartenmeister von Kesh gehören zu den acht wichtigsten Zünften in den Vier Königreichen.

KOLN: Ein Gott, der im östlichen Königreich angebetet wird. Koln ist der Gott des Krieges, und er soll drei Artefakte hinterlassen haben: den Dolch des Koln, das Schild des Koln und den Helm des Koln, denen allesamt magische Kräfte zugeschrieben werden.

KWETZEL: Siehe bei VALANT.

LANSKE: Ein mit Klauen ausgestatteter Wurm, der in Exkrementen gedeiht.

LOTSCH: Ein Hasen-ähnliches Geschöpf. Herden von Lotschs werden SWISS genannt.

MELNAR: Einer der sechzehn Monate im Kalender der Vier Königreiche. Die anderen Monate heißen: Grondar, Ventar, Kamar, Jondar, Einar, Timar, Golvar, Grondel, Meldel, Ventel, Kamel, Jondel, Einel, Timel und Golvel.

*Aus Major
Gruberts
Notizbuch*

**Die Gärten
von Kesh**

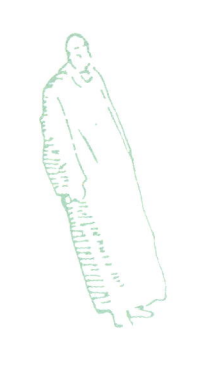

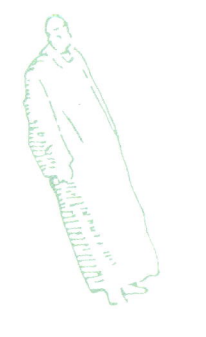

MOUZZ: Ein Fluß im südlichen Königreich; gleichsam Grenzlinie zwischen der Savanne und der fruchtbaren Ebene unterhalb. Er fließt nicht weit von RORBACHKIN entfernt.

MRHU: Die südlichste Stadt im südlichen Königreich. Jenseits davon liegt die große Einöde.

Die Hügel von Santal

MUSEEL: Ein kleines, Mäuse-ähnliches Beuteltier, das in der Savanne des südlichen Königreihs lebt und als natürliche Beute der BUUNS gilt.

RAKANGA: Ein Dienstgrad, der nur in der Kavallerie der Armee des nördlichen Königreichs vorkommt. Seine Entsprechung wäre etwa Hauptmann oder Schwadronführer. Ein Rakanga führt eine Gruppe von sieben Männern an.

Dämonen im „Abgrund des Skagganauth"

RORBACHKIN: Ein kleines Dorf im südlichen Königreich, das zwischen der Savanne und den Hügeln von SANTAL liegt.

SANTAL: Eine Hügelkette im südöstlichen Landesteil des südlichen Königreichs. Jenseits davon liegt die große Einöde.

SKOLO: Ein Insekten-ähnliches Tier, das mitunter als Lasttier verwendet wird.

SEPTOR: Siehe bei VALANT.

SKAGGANAUTH: Eine Tar'Hai Vorstellung, die die inneren und äußeren Erscheinungen umfaßt. In der Mytho-Wissenschaft von Tar'Hai ist der „Abgrund des Skagganauth" der Ort, der den Nicht-Geschöpfen der Dämonen vorbehalten ist und wo die dämonische Substanz von Skagganauth in einen Quell des Lebens rückverwandelt wird. Der Ausdruck findet außerdem in einem Teil der gemeinsamen heiligen Rituale für Magie und Exorzismus Verwendung.

SPUKAUSTREIBER: Ein Titel, der einem Hexendoktor von MRHU verliehen wird, der die vierundsechzig heiligen Rituale meistert und die dreiundzwanzig genatrischen Gottheiten rufen kann, die die geistlichen Grundpfeiler der Tar'Hai Mytho-Wissenschaft bilden.

STRATHAEL: Der allbekannte letzte König der Nyo-Dynastie des östlichen Königreichs. Strathael wurde im Alter von 15 Jahren wahnsinnig und begann Gedichte zu schreiben, die das Chaos und den Irrsinn verherrlichten. Nachdem er sein Königreich an den Rand des Ruins getrieben hatte, wurde Strathael von seinem Vetter Romio, der die Corbara-Dynastie begründete, ermordet. Heutzutage gelten seine Dichtungen als Meilensteine in den Literatur-Annalen der Dritten Ebene.

SWAFTBIER: Ein alkoholisches Getränk, das aus Swaftgerste hergestellt wird.

SWISS: Siehe bei LOTSCH.

TAKIR: Die Hauptstadt des nördlichen Königreichs. Früher einmal war sie Ort berühmter Schlachten, während denen sich die Vier Königreiche zusammengeschlossen hatten, um die F'ermin Eindringlinge aus dem Norden zurückzuschlagen.

TAREEN: Ein großer flugunfähiger Vogel, der auf der Dritten Ebene häufig vorkommt. Ein durchschnittlicher Tareen ist ungefähr zwei Meter groß, wiegt mehr als 300 Pfund, ist extrem kräftig und kann sich mit einer Geschwindigkeit von 60 Stundenkilometern fortbewegen. Männliche Tareen sind außerdem angemessen aggressiv und leicht für den Gebrauch in der Kavallerie abzurichten.

TRILL: Ein Fisch.

UFLIN: Ein Dachs-ähnliches Tier, das Nüsse und Früchte sammelt und sich den Ruf erworben hat, sehr sparsam zu sein.

VALA: Die Göttin der Künstler, der Heiler und der Dichter. Sie ist auch als „Die Barmherzige", „Der Stern der Erleuchtung" und „Vala, die Mutter der Seele" bekannt. Der Kult um sie, ohnehin nie sehr auffällig, ist dennoch in allen Vier Königreichen und darüber hinaus verbreitet.

VALANT: Die gebräuchliche Währung in den Vier Königreichen. Acht KWETZEL sind gleich ein Valant, und sechzehn Valant sind gleich ein SEPTOR.

VARANT: Eine Art von Ratte.

VIER KÖNIGREICHE: Ein Gebiet auf der Dritten Ebene, das in ein loses Bündnis von Königreichen unterteilt ist: das südliche, das nördliche, das östliche und das westliche Reich.

Takir

VUZZ: Der böse Gott der Barchen, Herr über die Sieben Höllen, in die der feige Krieger nach seinem Tode einzieht.

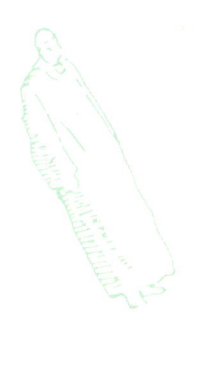

Stratbael